回忆父亲

谢欣 著

重庆出版集团 重庆出版社

图书在版编目（CIP）数据

回忆父亲/谢欣著.—重庆：重庆出版社，2022.2（2022.6重印）

ISBN 978-7-229-16618-2

Ⅰ.①回… Ⅱ.①谢… Ⅲ.①回忆录—中国—当代 Ⅳ.①I251

中国版本图书馆CIP数据核字（2022）第018792号

回忆父亲
HUIYI FUQIN

谢　欣　著

责任编辑：吴　昊
责任校对：杨　婧
装帧设计：张　勖
插　　画：黄剑武

重庆出版集团
重庆出版社　出版

重庆市南岸区南滨路162号1幢　邮政编码：400061　http://www.cqph.com
重庆出版集团艺术设计有限公司制版
重庆天旭印务有限责任公司印刷
重庆出版集团图书发行有限公司发行
E-MAIL:fxchu@cqph.com　邮购电话：023-61520646
全国新华书店经销

开本：889mm×1194mm　1/32　印张：4.5　字数：80千
2022年2月第1版　2022年6月第2次印刷
ISBN 978-7-229-16618-2

定价：35.00元

如有印装质量问题，请向本集团图书发行有限公司调换：023-61520678

版权所有　　侵权必究

谢欣，土家族，法学博士，管理学博士后。先后出版《第一资源调查》《第一资源研究》《基于信息化视角的专家管理问题研究》等专著，在《社会主义研究》《中国人力资源开发》《改革》等期刊上发表学术论文20余篇，散文《迹》、小说《谢孃》、诗歌《七月》分别入选《当代大学生散文选》《当代大学生小说选》和《当代大学生诗歌选》。

心中英雄 人间丰碑
—— 读谢欣长篇散文《回忆父亲》

易 光

回忆父亲

所有回忆亲情的散文中，父亲最难写。至少我认为如此。

在儿女辈面前，父亲的精神世界，大多处于封闭状态。他所物质化地展示出来的，不仅平面，而且肤浅。父亲的形象，就很有可能被曲解和误读。我的父亲去世已经三十多年，几次提笔，又都放下。除了沉重，还害怕失之浅薄。我的父亲只是一个农民，精神上却是一座高山，须仰望才可得见。我写父亲，实在缺乏底气，也害怕那些残酷的真实，再次触及那许多早已

心中英雄　人间丰碑

逝去的创痛。

谢欣的勇气，首先就十分可嘉。

谢欣大学最早念的是中文，后来走的并不是文学写作的路，甚至与文学有不小的距离。人才学、管理学、法学，虽然连系着人，但社会功用与文学有着不小的距离。他提笔写作的一大动力，是为了感恩。辛劳的父亲，引路人的父亲，服务社会大众的父亲。他为自己感恩，也代社会感恩。

一路读下来，我们真羡慕谢欣有一位好父

亲。一棵参天大树，枝繁叶茂，谢欣就在其葱郁的荫庇下，度过欢乐的童年，继续长高长大，顺风顺水地走向社会。

因此，谢欣就写得沉着，自信，不多作修饰。他只需要回忆、记录、整理，厚重的作品由是诞生。

我这样说，不是谢欣对父亲的书写没有耗费心血，没有技术含量，而是比常人的写作更意气风发，下笔有神，更易成功。

事实上，谢欣的作品与生俱来有一个复杂

心中英雄　人间丰碑

的构成。

我们最初接受的文本,我们最易于把握的文本。我们可以称之为显文本:教书育人的父亲;救死扶伤的父亲;行善积德的父亲。由此而铸成高大巍峨的父亲,丰碑一样的父亲,血肉丰满的父亲。

一部分读者捧读之后,回头看去,会再读出其他的意义。这个重读和再思,会创造出一个新的文本。我们可以称之为潜文本:普泛的父性(相对于母性而别具的性别属性)与父爱;

作者的人生标高；超越时空的文化意义。

　　写作时间，也是潜文本的重要构成。但我们直到读完后记，才知晓这一点。回头细咂，新冠肺炎疫情汹涌时，作者才得以二十多天不出家门，来回忆过往，书写父爱。那二十多个特别的日子，有远近的疫情，让人感觉生命的无常和脆弱。于是已故的慈父，很容易进入记忆。肯定还有檐边的雨，天上的云，会唤起作者更多的回忆。于是时代不幸诗家幸，谢欣抓住了一个写作的好机会。

心中英雄　人间丰碑

某些作品的潜文本品质,或许得之天成。如果有意为之,其间的玄机,各有招数,不一而足。谢欣的操作,是在以朴实求真实,以个别写普泛,重在人性人情,温良恭俭让,其价值就溢出了具体的文化和时空疆界,而获得普泛的意义。

谢欣笔下的父亲是完美的。

人非圣贤,孰能无过?谢欣的父亲似乎没有。如果有,他在夫妻之间,自觉选择弱势一方。不是斗与不斗,是他对女性的尊重。她们最苦。有一些过高的要求,也并不过分。这也是一种生活策略。不争执，冷处理，多忍让，平静是福。那么，缺点也变成了优点。

谢欣对父亲的书写，便成为一次理想主义的抒情与畅想。

谢欣的文风，学不来，不必学。那些汤头歌诀类的东西，似乎是一本药书。但不会读成药书。

因为背后站立的，是巍峨的父亲。一如华佗的"麻沸散"。麻沸散只是汤头？不会吧。只除非你连《三国演义》也没读过。据日本外

心中英雄　人间丰碑

科学家华冈青州的考证，麻沸散是由曼陀罗花一升，生草乌、全当归、香白芷、川芎四钱，炒南星一钱，研合而成。我读这方剂，不能不想起华佗将其中几味有毒药物作用于人时的踌躇和小心，还有大爱。

当然，作品第二部分如果有更多父亲介入其间的细节，其画面感会更好。

曾经有过审父的时髦。那多半是当不来父亲、当不好父亲者所为。否则，怎能审父？我就不能。

我久久地在这一段文字前流连：

回忆父亲

父亲是拉车的老牛，肩负重担，蹒跚前行。父亲是燃烧的灯塔，风霜雨雪，默默矗立。父亲是登天的云梯，拖儿带女，倾其所有。父亲是魂牵的梦萦，牵在心头，萦在远方。

父亲是逝去。父亲也是现在。父亲更是未来。时代太需要父亲坚强的臂膊引领。

读完谢欣的《回忆父亲》，我也要来写我父亲，虽然未必能写得像谢欣这么好。

2021年5月19日至6月16日　一觉斋

目录

心中英雄 人间丰碑
—— 读谢欣长篇散文《回忆父亲》 易光　　　／1

回忆父亲　一　　　／1
回忆父亲　二　　　／39
回忆父亲　三　　　／75
后记　　　／119

- 人是肉机器，需要定时加油。人也是情感动物，要和睦谦让，相互关照。
- 好老师，眼耳鼻口手样样都要端正，德智体美劳项项都得扎实。
- 在学校，只有教不好书的老师，没有读不好书的学生。
- 立德树人，师以生贵。
- 闻道有先后，教书不避亲。
- 教学无止境，师生如父子。
- 国强需重教，家兴靠育人。

回忆父亲　一

回忆父亲

今年是庚子年,父亲是庚辰年离开我们家人的。十八年了,若真有轮回,父亲又该长成一位英俊魁梧、多才多艺、乐施好善的小伙子了。

父亲生于戊寅年,属虎,生前是一位退休教师。

照老家的说法,戊寅生的老虎命好,虎虎生威,才华横溢。父亲学历不高,因毕业前生了场大病耽搁了高考,但他学习成绩出类拔萃,

13579先生:我的父亲也属虎,同感。

回忆父亲 一

回忆父亲

中学肄业教中学,教了中学又教小学,数理化、音体美,凡中小学开的课,他几乎都教过,而且教得都比较专业,是地地道道的中小学全科老师,也是当时全县第一批直接晋升中学高级职称的佼佼者,到地区、县城甚至省外的名校上过好几十次示范课。

父亲是提前十年病退的。退休后,父亲进了城,住在我哥哥家的别墅。别墅三楼一底,毗邻县中,经哥哥嫂子同意,父亲就在别墅的平街楼层开了个小商店。在这个小商店,父亲一边养病,一边学着做些小买卖,同时还用小

回忆父亲 一

买卖赚来的钱和部分退休金，办了一个数学补习点，义务辅导在县中读书的一些贫困学生，改善

回忆父亲

> JJKLLS先生：
> 欣哥记忆真好，这么多年了那么多事情还记得这么清楚！写作功底深厚，写得很真实、生动、富有感情，也让我回忆起小时候很多点滴。永远怀念他老人家！

他们生活，为他们指点迷津，对特别优秀的，父亲还坚持长期联系、无私资助直至成家立业。

父亲退休九年后，又生了一场大病，必须到省城住院治疗。在筹措大额医疗费用和等待手术时间的艰难日子里，父亲越来越淡定，越来越宽容自信。在进手术室前的一天，我看见父亲一个又一个打电话，反反复复安慰亲人们生老病死是自然规律，不要为他的手术成不成

功担惊受怕,更不要为他术后康不康复东挪西借、东奔西走。

手术后,父亲在医院里又住了二十多天。他一边对症治疗、恢复身体,一边回忆过往、写写心得。在回忆录中,父亲写道:人生在世,健康二字。人贵有命,不在长短,活着健康,

回忆父亲

走时尊严，也是幸福，而且是更大的幸福。

父亲告诫我们，人是肉机器，不分男女老幼、高矮胖瘦，都需要定时加油，经常锻炼，长期保养。人也是情感动物，特别是亲朋好友，要常联系、勤走动，有福同享，有难共担，和睦谦让，相互关照，亲情才会经得起闹腾越来越亲，友情才会经得起风吹雨打的考验越来越久。

立德树人，

师以生贵。

回忆父亲 一

作为老师，父亲特别自豪的是他教了三十三年书，手把手教过三千多个学生，没一个学生被他体罚责骂，也没一个学校、一个家长、一个学生反映他不称职。最难能可贵的是，在病床上的最后几个月，父亲他竟能一个一个回忆起他教的每个班级中，学习成绩最好、特长爱好最突出和最顽皮捣蛋的两百多个学生的名字。

在父亲的学生中，有部队将军、大学教授、企业老总，也有机关的局长、处长、科长，甚

回忆父亲

至区县委书记、区县长,还有很多乡村教师、赤脚医生、养猪专业户、木匠、篾匠、泥瓦匠等等,甚至还有一些家庭困难、父母离异或身体残疾但自强不息的优秀学生,父亲都视为己出,终生牵挂。

父亲喜欢教书,也教了一辈子书。他五次借调地区和县级党政机关工作,最长的一次达三年之久,但他还是外甥打灯笼——照舅,最终回到了他心心念念的乡村学校。

父亲说,他不是当官的料,坐不惯机关的

软沙发,也舍不得简简单单、干干净净的"光灰的一身"。

父亲还说,当老师很好,历朝历代,老师的地位都很高,工资也不低,而且最冷最热的时候还有寒暑假休息。

父亲也说，当老师也很难。当老师，既要传道授业，又要因材施教，还要为人师表。

父亲认为，好老师，眼耳鼻口手样样都要端正，德智体美劳项项都得扎实。

父亲特别感慨，教书的目的是育人。作为老师，不管教授什么课程，一旦站在三尺讲桌前，其一笔一画、一言一行，都会牵引一双双天真无邪的求知眼睛，都会影响学生们能不能学好一门课程、选准一项志向甚至一生一世的价值判断和就业观念。

回忆父亲　一

闻道有先后，

教书不避亲。

我的二叔，我的哥哥、大姐、二姐和我，先先后后、或长或短都是我父亲的学生。

二叔比父亲小十二岁，父亲教了他三年小学。

哥哥和大姐，父亲教的时间要长一些。哥哥，父亲教了他四年小学和两年初中。大姐，父亲教了她四年小学。二姐，父亲教了两年小学。

我，父亲只教了一年。

渡手先生：情真意切，读了让人感动、共鸣！

回忆父亲

不过，皇帝爱长子，百姓爱幺儿。母亲说，我生下只有三斤九两。作为幺儿，我从小体单力薄，父亲体恤母亲的难处，上学后一直把我带在身边。小学五年，父亲调了三所学校，我也跟随父亲走读了三个学校。只是在五年级的时候，我才真正成为我父亲的嫡系学生。那一年，我父亲从外地调回家乡，我也跟随父亲回到家乡学校，并非常幸运地和我二姐同班，我是班长，二姐是学习委员。

这一年，学校老师调走很多，父亲既要主

回忆父亲

持学校党务、行政、教学的事，又不得不代理我和我二姐班上的班主任，并亲自担任语文、数学、体育和音乐老师。

在班里，我年龄最小，个儿最矮，被父亲编到第一排，经常吃到粉笔灰和父亲还有其他老师的唾沫星子。不知是吃的粉笔灰多，还是吃的唾沫星子的营养，抑或是父亲长期的言传身教和潜移默化，我小学毕业时竟然以全县第

ZZSU先生：
泪目。又回到了儿时的小山村，又浮现了老人们慈祥、和蔼、严肃和谆谆教诲、辛勤劳作的景象。
学习实践，济世为民的先行和楷模。

三名的成绩考入重点中学（当年全校唯一过线的学生），并成为我父亲学生中第一个取得博士学位的农村娃娃。

教学无止境，

师生如父子。

父亲说，在学校，只有教不好书的老师，没有读不好书的学生。

父亲退休前，他经常提醒他的同事，作为一名合格的老师，要学高、德厚、脾气好，爱党、爱国、爱学生。

回忆父亲

"文革"中，父亲作为"臭老九"，白天要上课，晚上要挨斗，挨斗后还要熬更熬夜批改作业。

父亲说，那段时间，如果没有足够的体力、智力和定力，十有八九是要趴下去的。

父亲是幸运的，他没有趴下去。一方面，父亲心态平和、身强力壮，经得起心理和皮肉上的折腾；另一方面，人好了不好下手，"造反派"们有的是他的学生，有的是他学生的兄弟姐妹，有的是他学生的家长，他们尊重父亲

回忆父亲 一

的知识，敬畏父亲的人格，给父亲戴的高帽、挂的黑牌、抹的花脸、坐的"喷气式飞机"和"老虎凳"，都没有其他"当权派"和"牛鬼蛇神"的厚重。

"文革"后期，父亲从中学调到小学，从中学的团委书记转任为小学教导主任。

正是因为"文革"的经历，父亲才深刻领悟了人生况味，才倍感教书育人的自豪，才更加坚定了一辈子当老师、当好老师的信念。的的确确，挨过"文革"的批斗，父亲从中学老

师降为小学老师,但父亲师德更高,师风更正,而且越教越精神,越教越专业,越教名气越响亮。

青出于蓝,

而胜于蓝。

父亲经常给我们炫耀，教书光荣，老师伟大。

父亲手术出院，恰逢第十五个教师节，几位被评为优秀教师的学生来接他出院。父亲非常高兴，更加释然，能吃能喝能唠叨，全然不像游走在生死边缘的老病号。

为了庆祝手术出院和几位学生获奖，父亲亲自下厨，炒了猪脑壳肉、土豆片、酸白菜粉条、胡萝卜丝等拿手好菜，并不顾大病初愈，吞云吐雾，开怀畅饮。抽了几支烟，喝了几

回忆父亲

WHY18623290789女士：
认真拜读了欣哥的文章，很温情的一篇文章，无华丽修饰，便字里行间都透一个"暖"字，最触动我的是伯伯一生能守住他的初心，淡泊名利，教书育人，他用爱与责任诠释了教师这份崇高的职业！值得大家敬重，更是我们晚辈的榜样！

杯酒，父亲滔滔不绝地回忆几位弟子读书时的点点滴滴，同时对他们来看他深表感激，对他们选择当老师特别是荣获优秀教师称号大加赞赏。

父亲说，三百六十行，天地君亲师。古今中外，老师都是世界上最安全、最幸福、最有

回忆父亲 一

获得感的光辉职业。

父亲还说，国强需重教，家兴靠育人。教书育人，是国泰所系，是发家之计，是社会和谐发展永不可缺的战略资源。

受父亲影响，我哥哥初中毕业考了县师范，我高中毕业进了地区师专，我的两个姐姐也当了几年的乡幼儿园老师。只是后来，我哥哥师范毕业只教了3年书，就因文章写得好被选调到县委办当秘书；我的大姐、二姐远嫁他乡，不得不丢掉了幼儿园老师的饭碗；我，也是阴

差阳错,学的是中文,毕业后却分配到汽车厂当工人。"教师世家",我父亲的这个美好愿望,也就昙花一现了。

人是家乡好,

月是故乡明。

父亲生前的最大愿望,就是要叶落归根。

父亲说,大城市太拥挤,人多车多麻烦多,走到哪儿都不自在。他想百年之后回老家,若可能,最好是把他的老骨头埋在能看得见学校,听得见学生出操和读书声的山坡上。

在我老家,深山老林,人烟稀少,学校留不住老师,老师留不住学生。学校修得越来越大、越来越漂亮,老师和学生却越来越少、越来越少。父亲回老家这个愿望,不知是出于生于斯长于斯的回归念想,还是对没落乡村、留守儿童的深深内疚,抑或其他难以言表的原因。直到今天,我都非常清晰地记得,送父亲上山那天,我和我的亲人们,真的听见了"叮叮叮"的上课铃和"老师,您走好"

回忆父亲

回忆父亲　一

WXIDYT10PIO28A6Z22 女士：
弟，你写的《回忆父亲》，写得太真实了。看了既高兴，又有点伤心。高兴的是我们父亲真的平凡又伟大，而且要是他老人家能在天之灵看到你给他画的像，他该是多么多么高兴。可惜，父亲他走得早了。弟，我们回忆父亲，感恩父亲，学习父亲，我们的日子一定会越来越美，儿女和孙辈们一定会一代比一代强。

的啜泣声。在天之灵，我想父亲是有感应的，作为一辈子的老师，他肯定心满意足，也一定安息长眠了。

在父亲的回忆录中，我父亲写道：人生，就是生他的人，爱他的人，以及他和他爱、爱他的人生的人。

生我父亲的人，爷爷奶奶。

回忆父亲

我的爷爷,我母亲没见过,但我见过,是在梦中,而且见过好几次。在梦里,爷爷和蔼可亲,个儿没父亲高,块头没父亲大,但皮肤比父亲更黑,胡子比父亲更多,抽烟喝酒比父亲更厉害。

父亲给我讲,爷爷很能干,16岁就从家里跑到30里外独立门户,娶我奶奶,开设手工作坊,煮酒、熬糖、染布、造鞭炮,做了很多小本生意。

奶奶也给我说过,当年贺龙司令率二野一

部解放重庆路过家乡时,爷爷带领全家老小夹道欢迎,并慷慨地把家里库存的鞭炮全部噼里啪啦放了,还把漂染的老棉布、酿造的纯苞谷白酒和香甜酥软的红苕麻糖,一捆一捆、一桶一桶、一包一包地送给解放军战士。

我的奶奶很慈祥,很伟大。

奶奶个子高,体力大,声音洪亮,虽目不识丁,但既能干农活,又会唱山歌,还有一手远近闻名的刺绣功夫。在我的记忆里,奶奶出门下地、煮饭洗衣都很内行,特别是她亲手做

的老布鞋，冬暖夏凉，美观大方，三两年都穿不坏。

奶奶特别爱护我们。小时候，每每我们在外面被欺负、遇到困难和委屈时，奶奶总会挺身而出，用她温暖的怀抱、厚实的双手和似曲非曲的"娃儿乖乖，眼泪揩揩，拉拉手手，一块儿走走"

的哼唱，抚慰我们受伤的心灵。要是在晚上，奶奶还会给我们唱《虫虫飞》《小白兔》《雪娃娃》等很多很多的童谣，讲《狼外婆》《三个和尚》《牛郎织女》等很多千奇百怪的故事，逗我们开心，催我们入眠，伴我们成长。

爹矮矮一个，娘矮矮一窝。

回忆父亲

我的奶奶和我爷爷,生养了我的父亲、二叔、大孃和三孃,又帮助我的父亲母亲、二叔二婶、大孃大姑父和三孃三姑父,带大了包括我在内的15个孙子孙女、外孙外孙女,是典型的劳动模范和贤妻良母。现在想来,我父亲能当老师并甘愿当一辈子的老师,很可能是遗传了我奶奶的基因。

爱父亲的人,有生他的爷爷奶奶,有他生的我们兄弟姐妹,还有爱他的二叔、大孃和三孃,以及好多邻居和亲朋好友。但父亲一直坚

定地认为，最爱最爱他的人，是父亲的爱人，我的母亲。

我的母亲是庚辰年生，属龙，性格火爆。在一些算命先生看来，龙和虎，一个水中之霸，一个山中之王，都是厉害的角色，很难和平相处。在我看来，父母几十年坚如磐石的亲情爱情，证明了水霸王和山老虎，相爱容易，相处不易；山老虎，水霸王，山环水绕，山清水秀，各美其美，美美与共。

父亲在回忆录中说，他一生最大的骄傲，是娶了我母亲，当了"乘龙快婿"；他一生最大的财富，是我母亲给他生了两儿两女，个个活蹦乱跳、健健康康、勤奋上进。

父亲和母亲谈恋爱的时候，在中学当老师，才华出众；母亲在邻近学校的乡里做妇联主任，聪明漂亮。

父亲和母亲，生龙活虎，郎才女貌，门当

户对。母亲嫁给父亲后，拖儿带女，体弱多病，不得不辞职回到父亲的老家，担任乡党委委员兼任村妇委会主任，学煮饭，学干农活，学当孝顺儿媳，七年间生下了我的哥哥、大姐、二姐和我四个孩子，并连续三届当选县人大代表。母亲是1958年入党的，今年中国共产党建党100周年，母亲还荣获了"光荣在党50年"纪念章。

在家里，我母亲比较强势，父亲特别谦让，我们家是典型的男主外、女主内，团结和谐的

回忆父亲

"妇唱夫和"家庭。

在我们兄弟姐妹眼里,父亲是慈父,和蔼可亲,长年在外教书育人,一两周才回家一次,回到家里对母亲百分之百地言听计从,也从没打骂过我们兄弟姐妹任何一人;母亲是严母,刀子嘴,豆腐心,家里的柴米油盐、衣食住行、迎来送往,没一样她不操心,没一天她能不生气,但有一条,严归严,生气归生气,母亲又特别大气,就算我们犯了错打了我们骂了我们,不到三五分钟,她就喜笑颜开,幺儿狗儿地呼

回忆父亲 一

> YUAN3872女士：
> 朴实、感人，字里行间都溢满浓浓的亲情。粑耳朵是幸福的！

唤我们洗手吃饭写作业了。

小时候，每每看到母亲对父亲吆五喝六，我就有些为父亲鸣不平。长大了特别是我也娶妻生女当父亲后，我才知道，在家里，"好男不跟女斗"是一种美德，"粑耳朵""妻管严""出气筒"是"暖男"的基本条件。

我的爱人、我的母亲，都聪明漂亮、心直口快，而且在家都是幺女，都有三个哥哥保驾

回忆父亲

呵护,事事养尊处优,时时特立独行。我和父亲,都不是高富帅,好不容易烧了高香,娶了"公主",也就心甘情愿当好"暖男",否则就可能成为大龄"剩男",甚至打一辈子的光棍。

WXIDOB6EUI8JY1TH22 先生:
我用心认真拜读了《回忆父亲一》!文笔细腻、文风朴实、娓娓道来,一个慈祥善良、德高望重、桃李满天下的优秀老师兼父亲活灵活现浮现在我眼前;一个怜爱妻子、喜爱子女的好丈夫、好父亲跃然纸上;一个尚德、团结、和睦的大家庭相亲相爱。在这种淳朴、友爱、善良的大家庭中生活,是一种幸福!有一个言传身教、视学生如子的好父亲更是上天注定的缘分。

- 医疗无国界，医术无禁区，西为中用、中为西用，中西医结合，是世界医疗发展的必由之路，也是构建人类卫生健康共同体的关键所系。
- 学生不仅要学知识、明是非、有理想，也要长身体、知礼节、重品行。
- 学生是学校的生机，是家庭的希望，是国家富强和民族兴旺的力量。
- 病从口入，病从口出。
- 学高为师，身正为范。
- 民以食为天，食以胃为本。

回忆父亲　二

回忆父亲

在家乡，父亲既是一位德高望重、桃李满天下的优秀老师，又是一位半路出家、实践成才、乐施好善的民间医生。不仅在学校附近，而且在方圆十几里的家乡，很多人都知道我父亲既是教书先生，又是治病医生，特别是对风湿肿痛、伤风感冒、牙痛发炎等日常疾病，父亲几乎手到病除，而且不挂号、不收钱、不留任何后遗症。

父亲说，他教了一辈子书，教书育人是他的本职，也是他养家糊口的生存之道；学了几十年

回忆父亲 二

回忆父亲

的医,治病救人是他的义务,是他热爱生活、珍惜生命的业余奉献。

父亲认为,学生不仅要学知识、明是非、有理想,也要长身体、知礼节、重品行。作为老师,既要指导学生学习知识世界,又要引导他们纯洁心灵世界,科学锻炼身体,帮助学生形成身心双

健、知行合一的良好习惯，理性分析急难险重、酸甜苦辣，正确鉴别真善美、假丑恶。

　　学高为师，

　　　身正为范。

　　父亲说，老师既是知识父母，更是行为模范。

从教几十年，父亲孜孜不倦教书育人，也一直力

回忆父亲

所能及治病救人。

父亲说,学生是学校的生机,是家庭的希望,是国家富强和民族兴旺的力量。作为老师,他最不愿看到他的学生因病厌学、休学和辍学,他希望他的每一个学生,都能健健康康读书,顺顺利利毕业,长大后都能学有所用,自食其力,赡养父母,报效祖国。

父亲为什么要学医和什么时候学成的医,我没有问过,父亲在世时也不曾讲。父亲走了后,我在母亲与父亲的一些学生、家长和亲朋好友的

回忆父亲 二

交谈中，才断断续续明白一二。

父亲学医，是在"文革""牛棚"中无心插柳，在长期的生活、教学和家访中，勤奋学习、大胆实践和逐步提高的。

学医不易，医好更难。父亲认为，一个好医生，要仁心仁术，不仅记性、悟性、体能和技能要好，而且还要有与之相匹配的选择判断、职业道德和责任担当。

"文革"期间，父亲有一个"棚"友，是上海医学院的教授，医术高明，内外双全。在"牛棚"

回忆父亲

里，一个医生一个教师，他们患难兄弟、亦师亦友，父亲帮助教授学习方言、锻炼身体、练习书法，教授给父亲讲解打针吃药、推拿按摩、伤风感冒等一些日常医学知识。几个月下来，父亲和教授心心相印，学学相长，成了"棚"友中的好朋友。特别是父亲，他对治病救人产生浓厚兴趣，不仅向教授"棚"友讨教了很多常见病的治疗方法，而且还学以致用，购买了《黄帝内经》《伤寒杂病论》《临床诊断学》《赤脚医生》等医学书籍以及听诊器、注射器、血压计、体温计等医疗器具，

回忆父亲 二

自己给自己号脉,自己给自己开方,自己在自己身上扎针、注射、按摩,一旦成功,就依据病历,推己及人。

从"牛棚"出来,父亲多了一项手艺,也多

回忆父亲

了一些机会，时不时为一些生病的学生、家长和亲戚朋友看病，一而十，十而百，久而久之，父亲就真成了能治病、会治病、治好病的教书先生。

在我的记忆中，父亲给我和我的奶奶、妈妈、二叔和哥哥、大姐、二姐都打过针开过药，也给很多学习成绩差、厌学逃课、失学辍学的学生，以及生活困难、生病上不起医院的家长和亲戚朋友号过脉，扎过针灸，开过药方，注射过消炎止痛的药水。

回忆父亲　二

TANMIN126先生：
让我惊讶的是：文字驾驭能力这个自不必说。关键是你对父亲医术的描写，写得那么专业，太专业了。

人是不长尾巴的，

但父亲说他有。

小时候，父亲老开玩笑说我是他的尾巴根。作为幺儿，我就像个跟屁虫，父亲教书教到哪儿就把我带到哪儿，父亲家访到哪家我就跟他跑到哪家。走的地方多了，跟的时间长了，我就认识了很多父亲的同事、学生和家长，同时也发现了父亲给人看病的一些习惯。可能是因为没有经过系统专业的医疗培训,也有可能是没有救死扶伤的行医资格,父亲给人看病,总是小心又小心,谨慎又谨慎。

在我的记忆中,父亲只有三种情况才看病。

一是看人看病。父亲看病,只看一小一老,医治对象主要是儿童、老人、学生、家长及其为数不多的亲朋好友,其他人一般不看。

二是上门看病。父亲看病,只出诊不坐诊,一般是利用家访家教的时候,既跟家长交流学生在校情况，给学生做做思想引导和功课补习，又顺便给家长、学生医治一些小病小疾。

三是免费看病。父亲看病，不管是学生、家长还是其他病人，也不管贫富贵贱和中药西药，父亲一律自掏腰包，自购药品。对报酬，喝几杯老白干、抽几张叶子烟或吃一顿粗茶淡饭即可，诊金则分文不取。

作为民间医生，父亲更像行走江湖的"游医"，不仅医疗设备和药品简简单单，而且出诊也绝大多数是昼伏夜出，医治的病也多是一些不开刀、

不缝针、不住院的常见病。

在我的记忆中,父亲给人看病时,总会背一个写有"为人民服务"五个大字的急救箱。这个急救箱,至今还完好无损地保存在母亲的卧室。父亲健在时,这个箱里随时随地都装有针管、火罐、银针、镊子、碘酒、纱布、棉签、创可贴、以及一两盒永不过期的青霉素、柴胡、云南白药、头痛粉、藿香正气口服液等,林林总总十几二十个药具药品。

父亲既不是纯粹的中医,也不是纯粹的西医。父亲给人看病,要测体温、量血压、听胸音,要看舌苔、摸脉象、问病因,有时候还要观察大小便、口痰、鼻涕的颜色、气味、浓淡,对一些长病、重病和传染病,父亲甚至还要参考CT影像和体检数据。父亲说,医疗无国界,医术无禁区,中医有中医的优势,西医有西医的长处,西

回忆父亲

为中用、中为西用，中西医结合，是世界医疗发展的必由之路，也是构建人类卫生健康共同体的关键所系。

在我老家武陵深山，鸡鸣三省，山高坡陡，森林茂密，雨水丰沛。无论是春夏秋冬一年四季，还是田间地头、房前屋后和楼上楼下各个地方，湿气都比较重，风湿病就成了当地人特别是上了一定岁数人的老年病。

农村体力活儿多，交通不发达，上坡下坎，肩挑背扛，手扭脚崴、关节肿胀，每时每刻都可能发生。这些病,是农村的常见病,特别是"三八六一九九"(妇女儿童老年人)群体的多发病。

这两类病,尽管病因不同,病理不同,而且都不传染、都不致命,但也没有什么特效药。作为土生土长的农村知识分子,父亲非常熟悉农村生活,非常喜欢钻研老大难问题,通过"牛棚"学艺和多年的临床实践,他终于掌握了一套用银针刺激穴位,用火罐吸出细菌和病毒的针灸火罐法,有效率百分之百,治愈率也很高。

回忆父亲 二

　　父亲认为，风湿不是病，风湿长了就成病。对于病因，父亲认为，一年有四季十二个月三百六十五天，每一季每一月每一天甚至每一刻，温度、湿度都不一样，温度过低，湿度过大，细菌和病毒就特别活跃，轻轻松松地从眼耳鼻口和皮肤毛孔侵入人体，一旦排不出来，就会淤积成灶，损害皮肤、神经、关节、内脏，形成不同症状的风湿病，轻则瘙痒红肿，重则坐卧不安、行动不便。

　　父亲认为，手扭脚崴、关节肿胀也不是什么

病，是自身肌体的小损耗。免疫力强的人，自身可以慢慢修复，自身修复不了，那就是病，必须对症治疗。

父亲认为，治疗风湿病和关节肿痛，有几十个常见的药品药方，但最好的方法是针灸火罐。

父亲说，一个人有一个躯干四个肢体一百零八个器官二百零六块骨头，有十二条经脉三百六十多个穴位四五十亿个细胞，每一条经脉每一个穴位每一类细胞，都与四肢、躯干和其他器官紧密联系，相辅相成。

根据风湿病痛和关节肿胀的部位，选准对应穴位，先用酒精或碘伏消毒，再用银针捻转提插数十次至几百次，然后点燃一些干艾草，放入竹筒、酒杯或玻璃罐，倒置吸附扎针处一两刻钟，通过加热皮肤和利用内空压力，促使细菌和病毒慢慢被吸出人体。

根据病情轻重，还可口服一定剂量消炎止痛的中成药、西药，张贴一些舒筋活血的药膏，严重者还可以连续注射几次青霉素或氯霉素。

回忆父亲 二

中圣先生：
我逐字逐句拜读！写得特别好！特别真！情真意切！我深受感动！特别是在回忆父亲当医生那段总结特别到位！特别融入那个年代农村的生活与血脉。包括总结父亲看人看病、上门看病、义务看病，以及小儿推拿的特点、小儿推拿类比中药这段更是画龙点睛，传神！甚至我作为一个专业的中医都与之共鸣。

对小儿发烧、咳嗽、遗尿、夜哭、消化不良等，父亲的推拿按摩更是炉火纯青。父亲用生姜水作辅助，综合运用推、揉、按、摩、掐、搓、捏、擦、拍、摇等手法，轻快、柔和、平稳、巴实，出神入化，人人称道，就连科班出身的一些老中医，都不得不竖大拇指。

是药三分毒，

有毒就有害。

父亲认为，推拿即是用药，按摩就是保健。古书说，"推上三关，代却麻黄肉桂；退下六腑，替来滑石羚羊"。"水底捞月，便是黄连犀角；天河引水，还同芩柏连翘"。特别是学龄前儿童，入世不长，皮肤娇嫩，神气怯弱，不管是西药还是中药，或多或少会影响神经、大脑、心脏等器官的发育，除特别的急性病、传染病，能不用药尽量不用药。

五指连心，指指治病。男左右，女右左，点线面，顺序不能反，次数不能错。

回忆父亲 二

父亲认为，五个手指连着人体五条经脉，五条经脉左右人的五脏六腑。其中：

拇指对应肺经，反映心脏、肺、气管和呼吸器官的情况。按摩拇指，可缓解心脏病、过敏皮炎、脱发、喉咙肿痛等病症。

食指对应大肠经，反映肠、胃、食管和消化器官的情况。按摩食指，可缓食欲不振、慢性胃炎、慢性肠炎、痔疮、便秘等病症。

中指对应心包经，反映眼耳鼻口舌和肝脏情况。按摩中指，可缓肝脏疾病、耳鸣头晕、食欲旺盛等病症。

无名指对应三焦经，反映肺和呼吸系统。按摩无名指，可缓感冒发烧、咽喉疼痛、尿频尿急、盗汗等病症。

小指对应小肠经，反映肾脏和循环系统的情况。按摩小指，可缓腰酸背痛、视觉疲劳、夜晚失眠、身体肥胖等病症。

病从口入，

病从口出。

父亲认为，食品是强身、健体、治病的最好

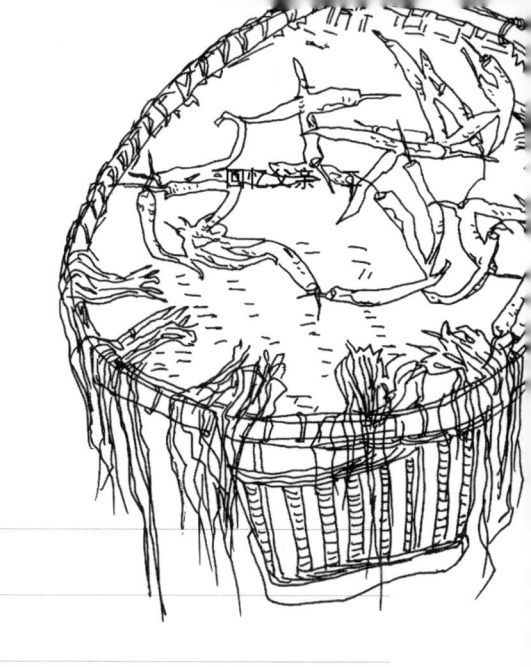

药品，食疗是调理平衡、扶正祛邪、自然免疫的最佳治疗。特别是天然食物，不仅是果腹充饥的优良食品，也是无毒无害的安全药品。

天然食品，天生具有温热平衡功效，科学利用天然食品的天然属性，可以增强人体细胞的新陈代谢功能，激活倍增免疫球蛋白的数量，大马力杀死和吞噬人体有害细菌和毒素，还原人体器官的健康。

牙痛不是病，

痛起来要命。

对蛀牙、牙出血、神经性、过敏性牙痛，父亲一般以青花椒为药，另加52度左右的高粱白酒为引子，按1两高粱白酒泡10颗花椒，将花椒浸在高粱酒中，半个小时后，即可口含花椒酒。每日2次，每次10分钟，1天1个疗程，3至4天即可痊愈。

对牙周炎、牙龈炎，父亲一般用土鸡蛋清为药，另加60度左右的高粱白酒为引子，按1个

回忆父亲 二

鸡蛋清1两高粱白酒，搅匀，口含5分钟后吐掉。每日2次，两三天即可消炎止痛。

民以食为天，

食以胃为本。

日常生活中，百分之七八十的人都有胃病史。

对一般性的胃炎、胃下垂和胃窦炎，父亲一

> WUKAILONG0005先生：
> 真情流露、文采飞扬，字里行间充满了对父亲的敬仰、思念，一个生动、令人钦佩的全科教师、中医名家、乡村秀才的光辉形象活灵地展现出来，深受感动、备受教育。

般以大蒜为药，以白糖为引子。取大蒜头，连皮烧焦，去掉皮灰，按1两蒜头1碗开水1勺白糖，空腹食用，每日2次，7天1个疗程，3至5个疗程可根治。

对胃溃疡，父亲一般以鸡蛋壳、大麦为药，按照30个鸡蛋壳半斤大麦，炒焦磨研成粉，抖匀，一次2钱，早晚饭前温开水冲服，每日2次，10日1个疗程，3至5个疗程可痊愈。

回忆父亲 二

此外，口腔溃疡、高血压、冠心病、打呼噜、尿频尿急、便秘、记忆力衰退等，在农村特别是一老一小中比较常见，父亲对这些病也有研究，搜集、整理并实践运用了一些民间土方，价廉物美，神奇有效。

对口腔溃疡，父亲以青椒、西芹、胡萝卜为药，按5斤青椒3斤西芹2斤胡萝卜半斤凉开水，混合打碎取汁，饭前空腹一杯，每天3次，一天见效，3天左右可痊愈。

对高血压，父亲一般用芹菜籽为药，用纱

布包住芹菜籽,按1两芹菜籽10斤水煎汤,早、中、晚各饮1杯,半个月左右见效,1年左右可痊愈。

对冠心病,父亲一般用花生壳为药,绿豆为引子,按1两花生壳5钱绿豆,煎汤口服,每日2次,1周左右见效,1个月左右可痊愈。

对记忆力衰退症,父亲一般用鹅蛋为药,白糖为引子,将鹅蛋搅匀,加两勺红糖3钱枸杞,蒸熟,早晨起床后空腹服用,每天1次,10天为1个疗程,10个疗程左右见效。

回忆父亲 二

休闲先生：

老弟，你二嫂看后评价：很好，老弟知识面广。我也有同感。

我是你父亲的学生，也时不时享受他的免费医疗。他老人家给我治病时有很多顺口溜：肚腹"三里"留，腰背"阴门"求，胸肋若有病，速与"内关"谋。现在记性不好，好多都忘记了，还给他老人家了。

对尿频尿急，父亲一般以生韭菜籽为药，将生韭菜籽研磨成粉，每次2钱，白开水口服，每日2次，3天1个疗程，1个疗程有效，3个疗程可痊愈。

对便秘，父亲一般以南瓜为药，猪油为引子，

回忆父亲

Francis liu博士：
感动！感人！刚刚拜读完毕这篇散文，文笔流畅，情真意切，父亲形象生动感人！
这篇《回忆父亲》，深得散文大家精髓妙笔，也让我更深体会到一位优秀父亲培养出谢欣这等优秀儿女及桃李满天下的不易。
散文用词看似朴素，但娓娓道来，抓住人心，回忆中充满对父亲的思念和感恩，不知不觉中我也在拜读中升腾起感动和感恩！联想起近期疫情无常，格外让人珍惜亲人、亲情和友情。珍惜吧，亲人！

将不去皮的老南瓜切块煮成烂粥，按1公斤南瓜5钱猪油1钱盐调匀，每日1次，当天见效，1周左右可痊愈。

对打呼噜，父亲一般以鲜花椒为药，取10

颗鲜花椒,用开水浸泡,睡前半小时喝1杯浸泡出来的花椒水,5天1个疗程,连续6个疗程可痊愈。

- 天地之大，人海茫茫，无论是同饮一口井的乡里乡亲，还是朝夕相处的同学同事，都是人生缘分。

- 远亲不如近邻。花要叶扶，事要人帮，世界上没有万事不求人的孤家寡人。

- 说和写，是老师授人以渔的基本功，少一样就是断手杆和跛跛脚；说和写，也是学习技能、生活技能和工作技能的孪生兄弟，它们相互促进，相得益彰。

- 忠厚、诚实、谦让的传统美德，就像梳妆镜一样，天天对照，时时提醒，也是我们家的家规家教。这些传家宝，历久弥新，代代管用。

- 人是恒温动物，要存敬畏、知冷暖、讲良心。

- 言为心声，字如其人。

回忆父亲　三

回忆父亲

父亲一生，勤劳俭朴，心地善良，功德圆满。在家，父亲孝顺为子，模范为夫，慈祥为父。在外，父亲孜孜不倦教书育人，默默奉献治病救人。同时，父亲还多才多艺，助人为乐，广结善缘。

百年修得同船渡，千年修得共枕眠。父亲经常告诫我们，人是恒温动物，要存敬畏、知冷暖、讲良心。天地之大，人海茫茫，无论是同饮一口井的乡里乡亲，还是朝夕相处的同学同事，都是人生缘分，都在一个生态系统，都需要坦诚相待、将心比心，都需要爱的奉献和守望相助。

远亲不如近邻。父亲说，花要叶扶，事要人帮，世界上没有万事不求人的孤家寡人。人与人，特别是同学之间、同事之间、邻里之间，抬头不见低头见，该帮忙时要出手。学习再紧张，工作再复杂，生活再艰苦，多一份力量就多一份希望；有福大家享，礼轻情意重，诚信互助是人情往来的无价之宝。

回忆父亲

> 轻舞的百合女士：
> 早上读了开头，有急事放下了。中午一气呵成读完。作者笔触细腻，情真意切，通过一个个工作、生活的小片段，综合勾勒出了慈师、慈父、慈夫的生动形象，形散而神不散，高！

在我心中，父亲一直严于律己，宽以待人，乐施好善。东家长，西家短，人到人情到，能帮多少帮多少。特别是逢年过节，修房造物，红白喜事，父亲都尽力而为，发挥所长，随叫随到甚至不请自到。

言为心声，

字如其人。

父亲认为，说和写，是老师授人以渔的基本功，少一样就是断手杆和跛跛脚；说和写，也是学习技

回忆父亲 三

能、生活技能和工作技能的孪生兄弟，它们相互促进，相得益彰。

除教书和治病外，在老家，父亲帮助别人最多，令我们家人特别自豪的，就是他能说会道的口才和别具一格的书法。

在土家山寨，民风淳厚，民俗悠久。不管贫富贵贱，有没有念过书上过学，逢年过节，家家户户都要洒扫门庭，张贴"对子"。修房造屋，要请先生看"期辰"，选"屋基"。结婚拜堂，要请有名望的人"喊礼"。

在二十世纪六七十年代，农村交通基本靠走，文化娱乐基本靠吼，读书读得好的要么参军要么进城，留下来能提笔写"对子"，出门看"屋基"，掐指算"期辰"，随口就"喊礼"的文化人，十里八村，屈指可数。

兴许是长年教书，见多识广，父亲集口才、文才和书法为一体，能说、会写、精算。加之，性格豁达，平易近人，乐施好善，父亲就成了老家最受欢迎的民间艺人。

回忆父亲 三

在农村,年轻人结婚,不一定去乡政府扯结婚证(有的是年龄太小扯不了证,有的是路途遥远不方便扯证,还有的是表兄表妹近亲关系无法扯证),但一定要拜堂。只有拜了堂,新郎新娘才算正式成亲,双方家庭才会结成"儿女亲家",亲朋好友和左邻右舍才会彼此接纳认可,新郎新娘也才敢光明正大住在一块生儿育女。

要拜堂,就必须"喊礼"。

拜堂,就是认祖归宗,新郎新娘在新郎家(上门女婿在新娘家)堂屋举行婚礼仪式,公开婚姻关系，接受父母双亲和亲朋好友的祝福。

"喊礼"，就是婚礼的流程，都通过"喊"，一个人，一张嘴巴，包打包唱。"喊礼"人，既是婚礼的主持人，又是主婚人和证婚人。

"喊礼"先生，不仅要仪表堂堂、能说会道，而且还要德高望重、身体健康、儿女双全。

父亲是高级教师，身材魁梧，公道正派，是我们当地拜堂"喊礼"当之无愧的首席先生。只要父亲在，新郎新娘一般是不会请其他人去"喊礼"的，因为父亲不仅不收"喊礼"报酬，而且

回忆父亲　三

还免费看"期辰",写"对子"。

作为父亲的尾巴根,我喜欢跟在父亲后面,享受父亲"喊礼"的特别待遇。坐头席、吃喜糖、抢鞭炮、嗑瓜子花生,甚至还可以悄悄咪咪跑到新郎旁边,偷偷摸摸地去拉新娘子的红盖头,出其不意地制造一点大众惊奇,特别是能近距离瞧一瞧新娘子受到惊吓后,那一瞬间的美丽娇羞。

我们土家人结婚拜堂,一般在堂屋举行。

堂屋,也称明室或客堂,是我们土家人中屋中之屋,所有的红白喜事,都在堂屋中举行。

回忆父亲

堂屋正中靠墙，要摆一张四角四方的八仙桌。桌正中，竖立"天地君亲师"牌位。牌位左前方，摆放若干个手写的"包封"（冥包，即给逝去的先人寄送纸钱，相当于现在的"红包"），可以写一个总的，也可以分开写，通常写给已逝的近

回忆父亲　三

三代人，落款为新郎新娘姓名。牌位右前方，放一个正方形升子，升子里盛满谷子，谷子上面放六颗大枣（意为五谷丰登，早生贵子），升子外面还要贴两个"红双喜"。

八仙桌的左右两边，要点一对红烛，一对红香。

回忆父亲

父亲"喊礼",拿腔拿调,字正腔圆。经过千锤百炼,父亲"喊礼",语言精彩,声如洪钟,礼数周全,简洁大气,别具一格。

新人新事新生活。在我们老家,新郎新娘拜堂前,新郎新娘从头到脚、里里外外都要穿新的,而且要梳妆打扮后才能参加接亲迎亲,并早早在新郎家堂屋大门前等候(上门女婿在新娘家)。

拜堂很有仪式感。

在我的记忆中,一旦拜堂前所有准备工作就绪,父亲就会站在堂屋大门边,高声一句:"尊敬的新郎新娘父母,各位嘉宾,各位亲朋好友: 大家好!"

顿时,全场鸦雀无声。紧接着,父亲会清清嗓子,面带微笑,用"一世良缘同地久,百年佳偶共天长"等精炼的套话作铺垫,把婚礼的浓浓喜庆给烘托出来。

紧接着,父亲会说:"今天,三阳开泰,吉祥满地,高朋云集。经过浪漫热烈的相识相知相恋,某某先生和某某女士终于合二为一,携手步入神圣的婚姻殿堂,并将在双亲大人和所有亲朋好友的关心关爱下，生儿育女，恩爱到老，幸福一生。"

说到这儿，父亲会有意停顿一会，带头鼓掌。

接下来，父亲说："首先，请允许我代表新郎新娘及其家人，对光临婚礼的各位嘉宾和亲朋好友们，表示衷心感谢和热烈欢迎！"

待掌声落下，父亲随即大声宣布："某某先生和某某女士结婚仪式正式开始！有请新郎新娘登场！请掌声欢迎、吹奏唢呐、敲打锣鼓、鸣放鞭炮！"

回忆父亲　三

伴随震耳欲聋的掌声、唢呐声、鞭炮声和欢呼声,新郎挽着新娘,步步相随,徐徐跨过大门槛,走到堂屋中间,按男左女右站定。

这时,父亲又会清清嗓子,一字一顿,高声宣布:"请新郎新娘拜堂。"这是婚礼的高潮,所有嘉宾和亲朋好友都会挤向堂屋,目睹新人风采,见证伟大爱情,送去美好祝福。

待新郎新娘和双亲就位后,父亲提高嗓门,面带威严,庄严宣布:

"一拜天地。请新郎新娘面向中堂,三鞠躬。

一鞠躬，感谢天，天降吉祥如意。二鞠躬，感谢地，地孕五谷丰登。三鞠躬，感谢天地作主，在天本为比翼鸟，在地结为连理枝。天作之合，地成之美；天生一对，地造一双。"

听到这句赞美，无论新郎新娘，还是双亲大人和亲朋好友，都感到特别幸福，感到特别自豪。紧接着，父亲又宣布：

"二拜父母。水有源，树有根，花好月圆父母恩。请新郎新娘面向父母，三鞠躬。 一鞠躬，感谢父母生育之恩。二鞠躬，感谢父母养育之恩。

三鞠躬，感谢父母祝福之恩。"

我参加很多同事、同学和亲朋好友的婚礼，感恩双亲父母生育、养育的多，感恩双亲父母祝福的很少很少。也许，这就是父亲"喊礼"的别出心裁，发明创造。

拜了天地拜了父母，接下来就是夫妻对拜。这时，父亲会进一步提高嗓门，高声宣布：

"夫妻对拜。请新郎和新娘面对面。一鞠躬，同心同德，相亲相爱。二鞠躬，龙凤呈祥，比翼双飞。三鞠躬，白头偕老，永结同心！"

这三句祝词，甜甜蜜蜜，道出了夫妻的情感忠诚、价值认同和生命意义。

拜堂结束后，父亲再一次清清嗓子，高声宣布："送新郎新娘入洞房。请吹奏唢呐、敲锣打鼓、鸣放鞭炮！"待唢呐、锣鼓、鞭炮声停，父亲高声宣布："结婚典礼到此结束，请各位嘉宾和亲朋好友到院坝坐席，吃好喝好耍好！"

"对子"，就是楹联、对联。

父亲是老师，他写"对子"，不仅追求字音、字义，而且还讲究字体、字形和字号。

回忆父亲 三

父亲认为，一副好"对子"，就是一幅美术图画，就是一首抒情诗歌，不仅要看起来工工整整，读起来朗朗上口，而且还要有格局、意境和气象，形神兼备，大小相宜，音韵和谐，浓淡适中。

打我记事起，每年过年，父亲都会给我们几块钱，让我们去场镇买一些红纸、墨块、毛笔和瓜子、花生、糖果。

大年三十，吃了年夜饭，我们全家老少总喜欢围在父亲旁边，一边给父亲点烟、泡茶、磨墨、铺纸，一边欣赏父亲冥思苦想、龙飞凤舞的书写

回忆父亲

回忆父亲 三

过程,聆听父亲讲解"对子"的规范、典故和用意。

父亲书写的"对子",各式各样,不仅自家院子贴,也送学生、亲朋好友和邻居家。

春节一大早,我们兄弟姐妹就争先恐后,抬梯子,刷米汤,贴"对子"。"对子"贴好后,才去吃奶奶、母亲精心制作、香甜可口的包心汤圆。

在我的记忆里,父亲写的"对子",不仅圆熟丰润、苍劲有力,而且坚持继承与创新相统一,做到每年新、每副新,每副"对子"的字义、字音、字数不尽一样,字形、字体、字号,也因时而异、因地而异和因人而异。

老家木屋，与我同岁，是父亲和母亲节衣缩食、东挪西借，倾注毕生心血所修。整个房屋坐北朝南，正房七柱三间，厢房一间，另有一间厕所和两间猪圈、一间牛圈，与厢房相连。

正屋中间为堂屋。堂屋两边各一间，每间用杉木板壁隔开，共四个半间，三个半间为息房（卧室），一个半间为书房。厢房中间，有一块石灰竹篱隔断，半边为灶房，半边为饭堂。

对贴在堂屋的"对子"，父亲一般选择楷书

书写。

父亲认为，堂屋是家庭活动的中心，是待人接物的门面。堂屋的"对子"，应正正规规，通俗易懂，并尽可能突出"平安、健康、和谐、幸福"。

用楷书书写堂屋"对子"，横平竖直，方方正正，简洁大方，易识易认，能够彰显"堂屋"的功能地位，展示家风家教的严谨和正统。

对堂屋的"对子"，父亲特别讲究，每年都写，

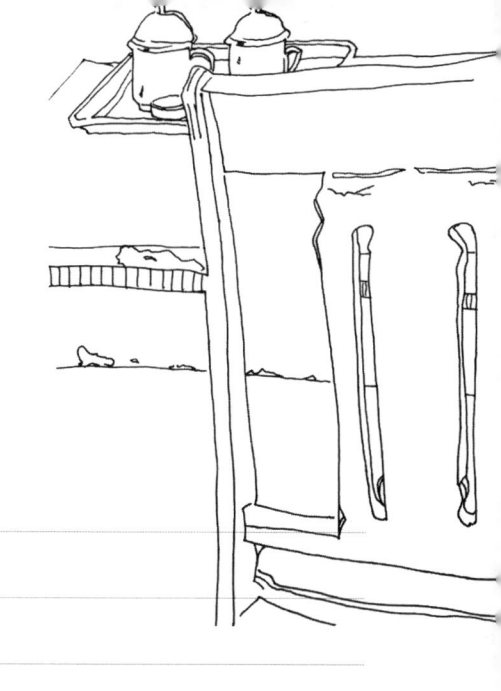

但每年都用楷体书写，字形、字号也基本不变，甚至连字义、字声，两三年甚至四五年也一个样。

正因为多年不变，至今，有三副堂屋"对子"，我还倒背如流。一副是，上联：一帆风顺年年好。下联：万事如意步步高。横联：万象更新。另一

副是，上联：天增岁月人增寿。下联：春满乾坤福满楼。横联：平安和顺。还有一副是，上联：国富千业旺。下联：家和万事兴。横联：国泰民安。

对贴在息房（卧室）的"对子"，父亲一般选择隶书书写。

父亲认为,吃有吃相,睡有睡姿。息房(卧室)是睡觉的地方,也是私密性比较强和居住时间比较长的地方。息房(卧室)"对子",要突出"安静、干净、纯洁",有助于健康睡眠、舒适睡眠,睡出甜蜜、睡出健康、睡出幸福。

三半间息房(卧室),一间为父亲母亲住,一间为我和哥哥住,一间为大姐二姐住。若有客人来,根据男女性别,我和哥哥或大姐二姐就得腾出自己的房间,或四个人挤在一间,或我和哥哥,大姐二姐到堂屋去打地铺。

回忆父亲 三

小时候，这三半间息房（卧室），父亲每年都写"对子"。为了防潮、隔音和私密，息房（卧室）楼上要装天楼板，地面要装地楼板，天楼地楼一装，息房（卧室）的空间就显得比较窄，"对子"的横联就没地方贴了。

父亲和母亲，都是共产党员，都具有忠厚、

诚实、谦让的传统美德。父亲对自己和母亲（息房）卧室的"对子"，就像梳妆镜一样，天天对照，时时提醒。这些"对子"，不仅是父亲母亲的梳妆镜，也是我们家的家规家教。这些传家宝，历久弥新，代代管用。只可惜，父亲和母亲（息房）卧室的"对子"，我记得的，只有这么几对：

仁义诚实天下走，明德身正有千朋。

善为玉宝终身用，心作良田百世耕。

传家有道唯存厚，处世无奇但率真。

世事让三分天宽地阔，心田存一点子种孙耕。

回忆父亲　三

我和哥哥，一个老大，一个老幺，都是父亲母亲操心的调皮鬼，也是他们传宗接代、光宗耀祖、寄予厚望的接班人。对我和哥哥息房（卧室）的"对子"，我能回忆很多很多，至今都非常温暖，非常励志。特别是这些"对子"，千锤百炼，经世致用。

花有重开日，人无再少年。

玉不琢不成器，人不学不知道。

万里航程千里志，三更灯火五更鸡。

青春有志须勤奋，金榜题名报苦辛。

回忆父亲

逆水行舟用力撑,一篙松劲退千寻。

有志求学自当苦心孤诣,欲登高峰何惧风雨兼程。

事能知足心常泰,人到无求品自高。

养成大拙方知巧,学到如愚乃是贤。

大姐二姐,是我们家两位千金,也是父亲母亲最为牵挂的心头肉。父亲认为,生得好不如长得好,长得好不如学得好。对大姐二姐息房(卧室)

的"对子",父亲特别注重品性和勤俭等传统美德。比如:

品若梅花香在骨,人如秋水玉为神。

传家无别法非耕即读,裕后有良图惟俭与勤。

身体好学习好道德品行更须好,做事难做人难诚实守信就不难。

欲高门第须为善,要好儿孙必读书。

大富贵必须勤苦得,好儿孙是从明德来。

对贴在书房的"对子",父亲一般选择用篆书书写。

回忆父亲

沧海一粟先生：
同感我父。智慧的老人都会以其点滴言行影响引领后人。

　　万般皆下品，唯有读书高。父亲说，书房是读书写字、闲情逸致、修身养性的地方。书房"对子"的内涵，要"简约、文静、励志、高雅"。

　　篆书，是汉字最早的统一字体，字形长方，圆转匀净，笔断意连，刚柔相济。用篆书书写书房"对子"，既是对中国书法的顶礼膜拜，也是对"知识改变命运""习惯决定人生"等传统文化的传承弘扬。

回忆父亲 三

父亲是教书人,也是爱书如命、练字成癖的读书人和书法爱好者。不管是白天还是黑夜,父亲只要踏进书房门,总是读不完的书,写不完的字,如痴如醉,废寝忘食,除非我奶奶和妈妈下"圣旨",其他人是请不出来他的。

父亲喜欢书房,对书房的"对子"也情有独钟。字义、字音可每年一换,字体、字形、字号始终不换。正因为每年书房"对子"的字是新的,我就特别好奇,老是请教父亲这个字怎么念,那个字怎么写,合在一起是什么意思。

回忆父亲

读着、写着、品味着父亲书房"对子",我从小学生读成中学生,从中学生读成大学生,从大学生读成博士,再成为博士后。几十年了,我至今都还能完完整整背出10多副父亲的书房"对子"。

勤外无法,学贵有恒。

知足常乐,无欺自安。

终身争一息,每事学三思。

品在竹之间,格超梅之上。

回忆父亲　三

回忆父亲

雅量涵高远，清言见古今。

静坐常思己过，闲谈莫论人非。

养心莫善寡欲，至乐无如读书。

时如流水去无返，人似骄阳落有期。

书山有路勤为径，学海无涯苦作舟。

书到用时方恨少，事非经过不知难。

绵世泽莫如积德，振家声还是读书。

几百年人家无非积善，第一等好事只是读书。

此心平静如流水，放眼高空看过云。

种十里名花何如种德，修万间广厦不若修身。

若有恒何必三更眠五更起；最无益莫过一日曝十日寒。

欲破难关须向书中求巨斧，要攀高峰还从实践寻天梯。

对灶房"对子"，父亲一般选择草书书写。

父亲认为，灶房是洗菜、煮饭的地方，油盐酱醋、瓜果蔬菜，都要新鲜、洁净、富有营养。草书是在隶书基础上演变而来的字体，结体简单，笔画勾连，章法多变。用草书书写厨房"对子"，既能体现食材的"绿色、生态、环保"，又体现

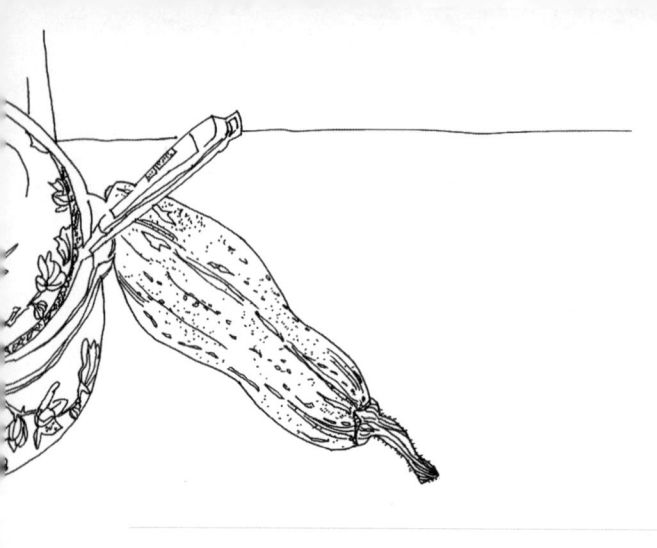

了家常便饭的"简单、快捷、营养"。

对灶房"对子",父亲也是每年一写,每写一新。现在想来,父亲几十年前写的灶房"对子",至今也不过时。比如:

寻常五异味,鲜洁即家珍。

养生多珍品,卫生合素餐。

一粥一饭需珍惜,寸薪寸木当节约。

淡饭清茶有真味,明窗净几是安居。

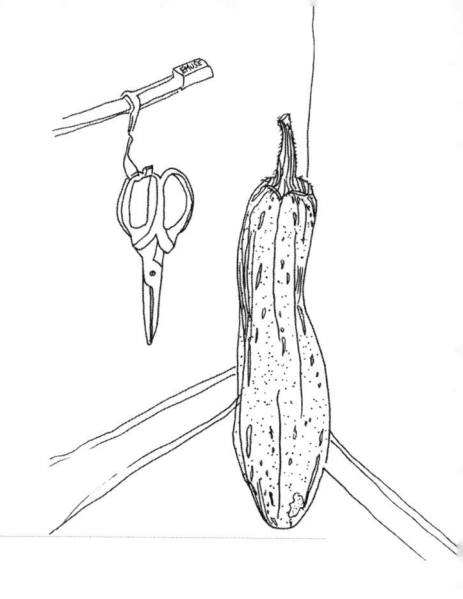

白日缸中多积水，黄昏灶下少堆柴。

白饭青菜留美味，紫茄红苋有余香。

稻米能称云子饭，鲈鱼怎比月儿羹。

生活朴素陈薄蔬，饮食卫生就味鲜。

又香又甜滋味好，不冷不热情谊长。

对贴在街檐（走廊）的"对子"，父亲一般选择行书书写。

父亲认为，街檐（走廊），既是房屋与院坝

的连接，也是遮风避雨晒太阳的风景台。行书，是楷书的简化，笔画连带，书写规范，端庄大气。用行书书写街檐（走廊）"对子"，能体现"吉祥幸福、平等和谐、团结友爱"。

我们老家街檐（走廊），有近两米宽，十七八米长，街檐（走廊）墙壁有四根圆柱头，每根柱头都可以贴"对子"。对街檐（走廊）"对子"，父亲有时候写，有时候不写。直到中学毕业，我才明白，父亲写街檐"对子"，是要家里有重大喜事才写。奶奶七十大寿，哥哥和我娶媳妇，大姐、二姐出嫁,父亲都分别写了街檐(走廊)"对子"。

奶奶七十大寿,父亲写了两副街檐(走廊)"对子"。一副是:"寿比南山不老松,福如东海长流水。"另一副是:"蟠桃子结三千岁,萱草花开八百春。"

我哥哥结婚时,父亲写了两副街檐(走廊)"对子"。一副是:"石为迎宾开口笑,山能做主乐天成。"另一副是:"梅雅兰馨称上品,雪情月意缔良缘。"

我大姐出嫁时,父亲也写了两副街檐(走廊)

"对子"。一副是:"喜看淑女成佳媳,乐让东床唤泰山。"另一副是:"翔凤乘龙两姓偶,好花圆月百年春。"

我二姐出嫁时,父亲同样写了两副街檐(走廊)"对子"。一副是:"大雁比翼飞万里,夫妻同心乐百年。"另一副是:"娘家既已芳声著,婆屋定然美德彰。"

我结婚时,父亲给我和我爱人书写了两副街檐(走廊)"对子"。一副是:"恩爱夫妻同地久,情深似海比天长。"另一副是:"佳偶百年欣相遇,知音千里并蒂连。"

姚利俊先生:
好文!读了《回忆父亲》,让我们知道世界上最令人感恩的除了伟大的母爱,还有伟大的父爱。如果说,母爱如水,那么,父爱则如山;如果说,母爱如涓涓小溪,那么父爱就是大江大河。父爱如山,高大坚定;父爱如灯,照亮前程;父爱如伞,遮风避雨。父爱,每一点、每一滴,都值得我们细细品味,永远珍藏;父爱,伟大、无私,同样值得我们用一生去感恩,去传承并发扬光大。

回忆父亲

后 记

回忆父亲

人人都有父亲，人人未必了解父亲。

我的父亲很普通，但基因特别强大。我和大哥、大姐、二姐，尽管长相都比较随母亲，身高和智商也不大一样，但我们兄弟姐妹的日常习惯，说话、走路特别是养儿育女、待人接物的基本态度和思维方式，或多或少就是父亲的拷贝。

父亲是天。

父爱如山。

父亲健在时，逢年过节，我们总能见见面，喝喝茶，唠唠家常，有时候还打打扑克，甚至整几杯苞谷老酒。

后　记

父亲走后，我经常梦见他。梦里的父亲，还是那么英俊挺拔，还是那么温厚纯朴，还是那么和蔼可亲。

父亲的生日和忌日，我会在家里点三根香，斟半杯酒，再炒几个他最喜欢的萝卜、白菜、老腊肉，供在餐桌上，给他老人家献饭（祭奠）。

春节和清明，除特别原因，我都会带着老婆、孩子和侄儿侄女们，去父亲墓地，给他烧几张纸钱，放几挂鞭炮，并向他汇报一些家里的重大情况。

这些习惯，是父亲手把手教我的。父亲认为，缅怀先辈，铭记家史，是家风家教，是传统美德。

每逢佳节,父亲都会言传身教,用我们当地的乡风民俗,纪念我们的先辈。

大疫感大恩。《回忆父亲》,是因为遭遇全球百年未有之冠状肺炎疫情,蜗居在家,遥思过往,随心所写。

在家蛰伏的二十多天,父亲的音容笑貌、言谈举止,一遍又一遍地浮现在我的脑海,清清晰晰,夜不能寐,逼迫我把记忆中的一些父亲碎片,一点一点地收拢起来,敲打成文字,与家人们一块追思。

《回忆父亲》搁笔之时,正好收到ZG先生(他

后　记

是我同门师兄，蜚声远近的高产诗人，每周一首）的抗疫大作《兄弟》。诗中写道："两旬不见，恍若三月。兄弟，我也想你啊。想哥俩开心小聚，一壶老酷，切磋酒艺。三荤两素，畅叙衷曲。"特别是"放心，兄弟。酒，我帮你存起。敬天畏地，感恩有你"这些浓烈的亲情诗句，深深触动了我对生我养我、爱我护我的"俄狄浦斯情结"。

兄弟情深，何况父子。作为回赠，我把《回忆父亲一》微信传给ZG先生。没想到，ZG先生竟然未经我同意，就把它推送给《重庆文学》的执行主编冉冉女士，《重庆文学》2020年第一期全文刊出，而且还邮寄了1000元稿费。

受此鼓励，我把《回忆父亲二》《回忆父亲三》微信传给山河壮丽、灵儿两位记者朋友，交流分享。没过多久，上游新闻全文刊载，中国作家网以《父亲的"对子"》部分选载。截止到2021年5月，《回忆父亲一》《回忆父亲二》《回忆父亲三》网上阅读量突破66万，点赞数千。

看到老师、同学、同事和素不相识的网友们对《回忆父亲》的点评，我为我的父亲由衷骄傲。

父亲是拉车的老牛，肩负重担，蹒跚前行。

父亲是燃烧的灯塔，风霜雨雪，默默矗立。

后　记

父亲是登天的云梯，拖儿带女，倾其所有。

父亲是魂牵的梦萦，牵在心头，萦在远方。

2021 年 7 月
于上诚佳苑

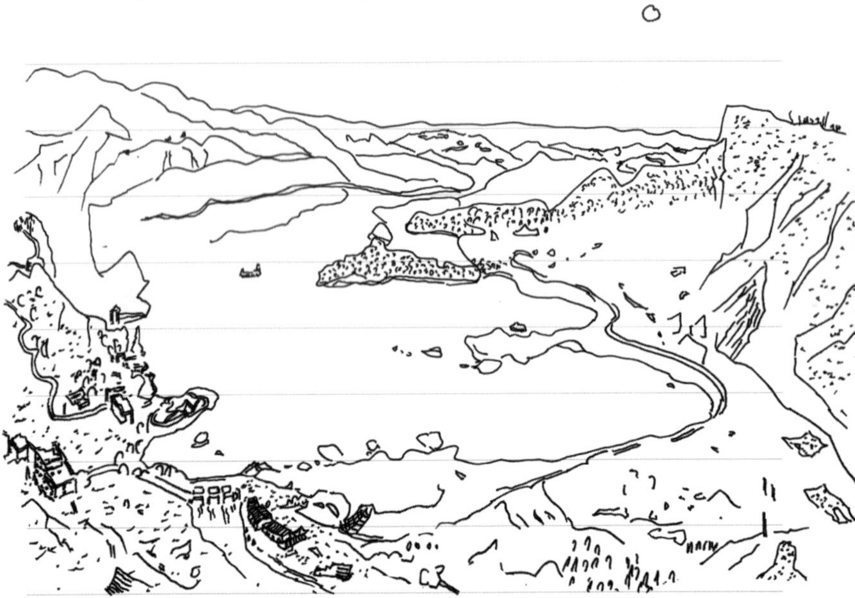